喻继高诗集

喻继高　1932年生于江苏省铜山县。当代杰出的工笔花鸟画家，国家一级美术师，国务院和江苏省政府表彰的对我国文化艺术事业发展有突出贡献的专家。曾任江苏省国画院副院长。中国美术家协会理事、中国画研究院院务委员、中国工笔画学会副会长、中国文联牡丹书画艺术委员会副会长、江苏省美术家协会副主席等。

1955年毕业于南京师范学院美术系，1957年参与筹备并调入江苏省国画院。作品曾参加全国第三届、第六届、第七届、第八届、第十届美展，并入选参加众多的国际性展览。1986年、1988年、1997年分别在中国北京、广州，美国纽约联合国总部举办个人画展。为中南海、天安门城楼、钓鱼台国宾馆等处绘制了多幅花鸟画巨制。2002年，被全国政协评选为“江苏十大优秀画家”。

出版有《喻继高画集》《喻继高工笔花鸟画集》《名家名画·喻继高》《丹青典藏·喻继高卷》等多部画集。

在我的创作历程里，我所追求的是一种审美精神，心灵之窗向自然、向人生、向社会敞开。我觉得画家也应该是诗人，在我的花鸟世界里，我着意描绘的不仅仅是花、鸟，更像婉约派诗人那样营造着诗境，它是源自生命基底的真切呼唤。画心、画意、画情，这是一种灵的境界，心灵的时空蕴含着一种深深的永恒的精神期待。无论是花萼、花蕊，叶脉、叶茎，它的生长、转折，不再是单纯的自然形态；它的深、浅，浓、淡，都在表现自己的情感与意趣。对花之美、鸟之神，雨露、晨雾进行描绘，将天地视为美的对象，“虚以待物”，探寻瞬间即逝的自然真美，捕捉微妙的生命感觉，提炼升华自然的美，是我一生的追求。花香鸟语、春华秋实，是大自然的赐予，用我对大自然的讴歌、对生命的赞颂、对美和爱的咏叹，唤起人们热爱生活、热爱劳动、热爱乡土、热爱祖国的美好感情。把祖国的一草一木，用朴素的诗，画成最美的画，用我的笔让人们感受到时代脉搏的跳动，感受到中国传统文化的生命精神。

——喻继高创作感言

喻继高诗集

启功题签

陈高潮 主编

北京工艺美术出版社
北京出版集团

图书在版编目（CIP）数据

喻继高诗集 / 陈高潮主编 . -- 北京 ：北京工艺美术出版社，2024.1
ISBN 978-7-5140-2787-7

Ⅰ . ①喻… Ⅱ . ①陈… Ⅲ . ①诗集－中国－当代
Ⅳ . ① I227

中国国家版本馆 CIP 数据核字 (2024) 第 010938 号

出 版 人：夏中南
策 划 人：吴剑安
责任编辑：赵 微
装帧设计：吴怡心
责任印制：王 卓

法律顾问：北京恒理律师事务所 丁 玲 张馨瑜

喻继高诗集
YU JIGAO SHIJI
陈高潮 主编

出 版	北京出版集团 北京工艺美术出版社
发 行	北京美联京工图书有限公司
地 址	北京市西城区北三环中路6号 京版大厦B座702室
邮 编	100120
电 话	(010) 58572763（总编室） (010) 58572878（编辑室） (010) 64280045（发 行）
传 真	(010) 64280045/58572763
网 址	www.gmcbs.cn
经 销	全国新华书店
印 刷	涿州市荣升新创印刷有限公司
开 本	635 毫米 × 965 毫米 1/8
印 张	21
字 数	101千字
版 次	2024年1月第1版
印 次	2024年1月第1次印刷
印 数	1～2500
定 价	168.00元

序

文／庞瑞垠

在源远流长、星光灿烂的中国绘画史上，不乏兼具诗人和画家双重身份的人物。举凡顾恺之、王维、苏轼、赵孟頫、王冕、唐伯虎等均在列。而为自己的画作即兴题诗者，也大有人在。然而，画家出版本人诗集者着实罕见。未料，92 岁高龄的喻继高先生却过了一把瘾，推出了《喻继高诗集》，作为结交半个多世纪的老友，我由衷地送上至诚的祝贺。

喻继高是我国近现代工笔花鸟画承前启后的标志性画家，此乃不争的事实。历经 70 多年的创作生涯，他形成了自己画作繁盛充盈、光彩照人、典雅秀丽、风流蕴藉的艺术风格，人品画品享誉中外。有关这方面的论述，名流高人均有点评，报纸杂志多有刊载，这里，我就不再赘言，话题还是回到他的诗集上。

笔者一生阅人无数，仅就书画界著名或稍有名气者不下百人，但是，我很少见到像喻继高那样酷爱诗歌的。诚然，绘画是他的生命，但诗歌的滋养不仅为其画作平添了诗性，而且充实和拓展了其艺术空间。

喻继高的记忆力是少有的好，已是鲐背之年，仍能背诵儿时母亲教他的儿歌民谣，以及本家三爷爷传授他的古典诗歌。他一生无其他爱好，除了绘画本业，大抵便是诗歌了。令人没想到的是，他在绘画的间歇，悄无声息地写起了诗来，且居然结集成书，于此，亦可看出其创作生命力之旺盛不衰，真的十分难得。

《喻继高诗集》，经筛选后收诗 100 余首，大致分作亲情友情、谈诗论画、人生感悟、祝愿国泰民安四种题材，“诗言志”“我手写我心”，其体现了作者的世界观、人生观和艺术观。

喻继高其人，外柔内刚，淡泊坦荡，能伸张正义，好打抱不平，既有明月长照之明媚，又有金戈铁马之豪迈，这从他的诗作中可见端倪。

对这百余首诗作无须一一评析，因其通俗畅晓，读者极易得出自己的具体感受。

在此，我只想就其表现形式诉说己见，直白地说，喻氏的诗，似可划入打油诗的范畴，从古至今写打油诗的人屡见不鲜，这很正常，每个人都有选择适合自己的艺术语言的权利。问题在于，在一些人眼里，打油诗说不上是诗，对其讥讽、嘲弄的言论时有出现，说到底还是雅俗之争。有的人，在其言论中甚至有将打油诗逐出诗界而后快的决绝态度，这实在是一种唯我独尊、偏狭守旧的阴暗心理的反映。因此，打油诗是不是诗，有没有存在的价值，能否赓续并发展，诸如此类的说法，很值得作一探讨。

通常所谓的打油诗为俗诗体，与古体诗、近体诗一样都是诗，它打破了格律诗的束缚，灵活多样，不拘于平仄韵律，朗朗上口，喜闻乐见，雅俗共赏。在正统文人看来是“旁门左道”，恰恰对这典型的俗文学，周作人曾予以高度评价，称道：“思想文艺上的旁门，往往比正统更有意思，因为更有勇气和生命。”它体现了诗人的个性、爱好、思想，内蕴戏谑、调侃、讽喻，生动有趣，通俗易懂。

在文学史上，有许多著名诗人写过打油诗，千百年来流传至今，在此引录几首供读者赏析。

李白《戏赠杜甫》：

饭颗山头逢杜甫，顶戴笠子日卓午。

借问别来太瘦生，总为从前作诗苦。

欧阳修《猜谜诗》：

大雨哗哗飘湿墙，（无檐——无盐）

诸葛无计找张良。（无算——无蒜）

关公跑了赤兔马，（无缰——无姜）

刘备抡刀上战场。（无将——无酱）

寒山《拾遗二首新添其一》：

我见世间人，个个争意气。

一朝忽然死，只得一片地。

苏轼《琴诗》：

若言琴上有琴声，放在匣中何不鸣？

若言声在指头上，何不于君指上听？

唐寅《开门七件事》：

柴米油盐酱醋茶，般般都在别人家。

岁暮天寒无一事，竹时寺里看梅花。

郑板桥《咏雪》：

一片两片三四片，五六七八九十片。

千片万片无数片，飞入梅花都不见。

鲁迅《南京民谣》：

大家去谒灵，强盗装正经。

静默十分钟，各自想拳经。

毛泽东《八连颂》：

好八连，天下传。为什么？意志坚。为人民，几十年。拒腐蚀，永不沾。因此叫，好八连。解放军，要学习。全军民，要自立。不怕压，不怕迫。不怕刀，不怕戟。不怕鬼，不怕魅。不怕帝，不怕贼。奇儿女，如松柏。上参天，傲霜雪。纪律好，如坚壁。军事好，如霹雳。政治好，称第一。思想好，能分析。分析好，大有益。益在哪？团结力。军民团结如一人，试看天下谁能敌。

好了，不再引述，请问“正统论者”，这是不是诗，敢小觑乎？！

据此，我们再来看喻继高的诗，他从不讳言自己写的是打油诗，坦言：“爱诗不擅诗，写诗不入流，不辨平仄韵，只好学打油”。他还声称：“古人写诗也打油，我今写诗无所求，只表吾心真情在，管它入流不入流。”这彰显了他的执着和坦荡。

诗集中直抒胸臆、真情流露的诗作俯拾皆是，这里不妨引录几首：

《忆亲人》：

年老倍思亲，空忆旧时人。

梦中亦难见，惆怅泪满襟。

《题赠苏君画虎》：

长白山下夜朦胧，群山雪夜结伴行。

不畏严寒紧相依，虎威虽猛有温情。

《月光》：

月光最迷人，月下会情人。

愿结秦晋好，私语到拂晓。

《愁秋》：

汤山东湖正逢秋，书画之余使人愁。

所思亲人不可见，石头城上月如钩。

《立志》：

一生不沾烟和酒，笔墨纸砚是我友，

除却绘画无他好，名利于我无所求。

立志弘扬工笔画，不到高峰誓不休。

这些诗，或自况，或嘲讽，或劝诫，情由心生，畅晓明白，有真情，有哲理，读了，令人赏心悦目，且受启迪。

自然，我们也不必为贤者讳，诗集中也有构思推敲不到位而仓促落笔之作，但其真情实感是毋庸置疑的，九二老叟，生命不息，笔耕不辍，奉献给读者这样一本融诗、书、画于一体的别具一格的诗集，能不让人刮目相看？感佩不已。

最后，笔者借写序的机会，就新体诗（包括打油诗）的创作再说几句。“正统论者”，非议、贬低近体诗的一些诗作（包括打油诗），其着力点无非是这些诗用韵过宽，平仄不论，对仗不工。诚然，格与律是历史的产物，是约定俗成的，不能任意打破。然而，中国自古以来就有“诗无达诂”之说，意指对诗的理解往往会因时因人而有歧异之见。诗的历史告诉我们，我国古诗并无平仄对偶，法度甚宽，不拘体，不用古律，不喜限韵，而是据意择韵，不做作，去雕饰。唐诗多以神韵见长，宋诗多以筋骨思想见胜（钱锺书语）。明代“公安三袁”（袁宗道、袁宏道、袁中道）主张妙语独抒性灵，不拘格套。清“乾隆三大家”（袁枚、蒋士铨、赵翼）赓续“三袁”，力倡“性灵”，强调写诗核心因素是真情。晚清黄遵宪则以诗自证：“我手写我口，古岂能拘牵。”

到了近代，鲁迅作诗，其格律也是宽的，不是死守古律不放。毛泽东的诗（词）同样如此。何其芳主张不用平仄，是对旧体诗的一大解放。聂绀弩深谙旧诗格律，但反对拘泥于旧诗章法传统，而注重感情的传达。贺敬之近年所作的旧体诗，或长或短，或五言或七言，皆近似古体歌行的体式，而不似近体诗的律句或绝句，他认为：“这样，自然无须严格遵守近体诗关于字、句、韵、对仗，特别是平仄声律的某些规定。”此说，恰好道出了新古体诗（甚至可以宽泛到打油诗）的基本特征和艺术追求。

事实上，随着时代的变迁和社会的发展，人们对旧体诗（包括打油诗）的理解和践行，必然会有新的元素渗透进来，这是毫无疑问的。文学艺术需要“百花齐放”，作为其中一个门类的诗歌同样要“百花齐放”，所有人皆可以对诗发表自己的见解，但谁也没有权利断言诗只能这样写而不能那样写。一部中国诗史早已证明：诗的探索、创新永远在路上，旧体诗（词）自然也不例外。严守旧诗章法传统的人，自可按照自己的理解去写诗，但也应当包容和尊重别人的创作自由，这是一个好的文学生态形成的氛围之所在，唯此，才能谈得上文学的繁荣、诗的繁荣。

替喻诗作序，借题发挥，走笔至此，似可搁笔，相信喻翁这部诗集定能受到读者的欢迎和欣赏。

2023年9月于南京“两然斋”

（作者系国家一级作家，江苏省有突出贡献中青年专家，享受国务院政府特殊津贴。曾任《雨花》杂志副主编（主持笔政），江苏省报告文学学会会长）

生命的感悟　真情的诗行

——评喻继高的诗歌

文／贾德江

喻老继高以画名世。他的名字，总是和中国工笔花鸟画联系在一起。可以说，他为中国工笔花鸟画的承前启后、推陈出新奉献了毕生的精力和心血。他的人以善为本、德高望重；他的画引领群芳、光耀中华。他是继“北于（非闇）南陈（之佛）”之后，又一位屹立于东方的工笔花鸟画一代宗师。他以70年的绘画实践和难以计数的工笔花鸟精品力作，开风气之先，把中国工笔花鸟画提升到一个新的境界，成为中国工笔花鸟画由传统走向现代的最大弘扬者，无形中也成为当代中国工笔花鸟领域的领军人物，追随者众，影响波及海内外。其“为人民而艺术”的方向之正、贡献之巨、成就之高，受到党和国家领导人的高度肯定和嘉奖，他也深受广大人民群众爱戴。

然而，人们可能不会知道，这位家喻户晓的老艺术家有一特别嗜好，就是写诗。按理说，这一嗜好并不特别，似乎这是中国历代文人画家的共同之点。写一首好诗题于画上，融诗、书、画为一体，珠联璧合，相映成趣，当是跻身文人画家行列的必备修养，如吴昌硕、齐白石等都是善于此道的艺术大师。但喻老作诗则有所不同，其特异之处在于：他的诗呈现的不是文人画家那种“诗中有画，画中有诗”的艺术追求，而是在绘余画后“情在画外，意离画中”的有感而发、由心而生的即兴诗作。它不是为画而作的题画诗，也不是传统五言七言的古体诗，而是喻老以俗称为“打油诗”的诗体，记录下他的所感所知所思所想，聊以自省自励自娱的诗。写好的诗稿只存放于抽屉，绝少示人，因而知者甚少。

所谓“打油诗”，是流传于民间的常见的一种语言表达样式。相传在唐代就出现了这种通俗诗体。它不像唐诗宋词那样深文奥义、佶屈聱牙、晦涩难懂，而是以俚语俗话入诗，不讲究平仄对仗，只讲究朗朗上口、押韵成章，诗风平白如话、质朴自然、鲜活风趣、轻松诙谐，常暗含警醒讥讽之意，在民间有着旺盛的生命力。尽管它不是“阳春白雪”难登大雅之堂，却因其贴近生活、内涵丰富、生动朴素、雅俗共赏，亦受到历代文人墨客的青睐。如李白、杜甫、白居易等人的诗中，也或多或少蕴含有“打油诗”的风神。

或许源自农民本色，从乡村走出来的喻老“从小喜爱打油诗”（喻老诗句）。悠悠岁月，往事如烟，他写了很多打油诗，留下了点点滴滴难以忘却的记忆。或许人老了，多了些人生的回味和感慨，直至今年初，已逾90高龄的喻老才将这些尘封的诗稿加以整理，意欲结集出版，并嘱我为序。喻老一向以我为赏音，高山流水之情，我乐此难辞。

这部《喻继高诗集》共遴选喻老历年所写的打油诗约140首。条分缕析，诗的内容大体可分为言志、感怀、咏物、修身、赠亲友五类，篇篇立意明白、语言晓畅、声韵和谐、是非分明，且不失大道之理。

在喻老“言志”类诗作中，可以读到以下的这些诗句：“我本农村一顽童，志在丹青拜雪翁。苦研绘画六十载，鸟语花香笔墨工”（《自述》），“立志弘扬工笔画，不到高峰誓不休”（《立志》），“痴迷书画成大家，七十寒窗苦钻研”（《难》）。他还时时提醒自己“人生太短暂，撸袖加油干”（《加油干》），即使到耄耋之年，他仍感到“报效祖国志如初”（《报国志》）而发出“老骥伏枥志千里，不到长城非好汉”（《耄耋抒怀》）的誓言。其志之坚、其学之苦、其方向之明，当是喻老成功的秘诀。

在喻老“感怀”类的诗作中，可以听到他铿锵有力发自肺腑的心声。他在《感党恩》中写道：“党是好母亲，毕生受党恩。永远跟党走，誓死不变心。”同样，他也把祖国比作母亲，写出了“吃水不忘挖井人，感恩母亲不忘本”（《祖国》）的真情。在《好老师》一诗中，他说“人民是我好老师，学习人民好品质”（《好老师》），表达了“人民至上”的人生观。他赞“改革开放四十年，祖国处处换新颜”（《改革开放赞》），他盼“祖国统一复兴后，幸福生活万年长”（《盼祖国统一》）。他还念念不忘缅怀师恩如山情、母亲养育恩。他写“抱石恩师有远见，呕心尽力教四年”（《恩师傅抱石》），也写“恩师陈之佛，德艺称楷模”（《师恩》）；他写慈母“鸿恩很少报，痛心到如今”（《母亲》），也写三爷爷“教我诗书画，教我学做人”（《三爷爷》）。一个情字贯穿其中，一个爱字连着始终，写出了喻老以身许国，爱党、爱国、爱民的博大胸怀，也写出了他对师长父辈的深切怀念和追思。

在“咏物”类诗作中，喻老吟唱的是一首又一首的自然之歌、生命之歌。他钟爱大自然，花与鸟伴随着他的生命，他的笔下少不了花情鸟意的诗篇。他写梅花的傲骨，写梨花的绽放，写杜鹃的艳丽，写牡丹的国色，写莲花的高洁，写红棉的品质，写红豆的相思；他又写瑞鹤的美誉，写白鹭的悠闲，写锦鸡的斑斓，写喜鹊的喜庆，写小猫的相伴，写荷塘鸭的“佳作美名扬”。他心系家乡故土，那里的风物见证了他的成长。于是他诗中就有了“古彭城”的人杰地灵，有了“御马亭”前的颂古今，有了“放鹤亭”的“东坡先生留美名”，有了《徐州三中樱花》的“桃李竞芳菲”，以及面对“徐州名城”萌生“出了高祖汉刘邦，山明水秀地也灵”的叹喟。他写爱心、写爱意、写乡情、写乡恋，他把信手拈来的美好演绎成诗行，平淡自然又高贵烂漫，朴实无华又异彩纷呈，这便是大自然给人的启迪。

读喻老的“修身”类诗作，可透视到他的品为人师、行为世范之道。他在《偶感》中写道：“做事心要定，致远要宁静。淡泊以明志，谦诚会成功。”他在《养性》中写道：“书画伴我无比乐，修身养性大有益。”他在《奖》中写道：“画家出名靠作品，空有虚名不会长。”他在《一生不沾烟和酒》中写道：“除去绘画无他好，名利于我无所求。”言之凿凿，大有先贤之风。他要求自己“画画要画真善美，创作方向不偏离”（《真善美》），“做人要正经”“待人讲诚谦”（《诚信》），“时间要抓紧，拼搏唯日月”（《拼搏》），“烦心事儿不多想”“生活小事不计较”（《人生》），“无事少开口，避免生事端”（《少开口》）。他劝诫他人“中华文化经典多，劝君认真好好学”（《智慧》），“画画要有才，胡吹一场空”（《别胡吹》），“不肯下苦功，早晚被淘汰”（《淘汰》），“我愿诸君多善事，会有众多好朋友”（《知己》），“人生莫害贪腐病，再好医生也无用”（《反贪腐》）。他赞颂《老黄牛》“干尽苦力活，至死无他求”的奉献精神，寄寓他甘为人民孺子牛、竭尽心力创佳构的心愿。喻老的金玉良言，垂示后学，当为我们终生受用。

读喻老的“赠亲友”类诗作，其中有“人生生命若无限，愿共美如数百年”（《爱妻美如》）的诗句，倾诉他对爱妻的深情；也有“感叹无缘别有情，有情无缘终生憾”（《南柯一梦》）的诗句，叹惜他对初恋同学的厚意。他在《赞喻勤》中写道：“喻勤好男儿，聪明又伶俐”，在《致喻慧》中写道：“天才加勤奋，创出新天地”，坦露他对儿女的舐犊之情。他在《题赠李大成》中，写出了“继承传统发扬好，艺海生涯创新风”的赞语，在《题赠苏君画虎》中，写出了“不畏严寒紧相依，虎威虽猛有温情”的赏词，在《赠琼瑶》中，对这位特殊弟子写出了“祖国统一后，见面笑哈哈”的期盼，暖暖师生情跃然纸上。在此类诗作中，还可读到喻老赠予友人的诗句，他写画友龚文桢“人民喜爱赞誉多”（《赠文桢》），徐培晨“绘画猿猴誉艺林”（《赠徐培晨》）；他写友人刘洪一“胸中才学冠八斗”（《洪一教授》），吕俊杰“德艺双馨众人说”（《壶艺大师》），武中奇“武老书法人人爱，有求必应倍珍惜”（《武老中奇》）。回忆起陈年旧事，他在《闯祸》中写出了“感恩老师（指宣夫）气量大，师生之情记终生”的难忘，他在《杨建侯老师》中写出了“老师携我创作画，合璧孔雀开彩屏”的情谊。正如喻老在《同源》诗中所言："年高倍思亲，以诗忆亲人。"这正是：写下平生不了情，洒向人间都是爱。

行文至此，上述评介大概可以让读者对喻老的"打油诗"有了总体印象，突现的是喻老的高山景行，使读者更能贴近一个老艺术家的心灵。喻老的诗不是故弄玄虚，不是哗众取宠，它不华丽、不虚伪、不空谈，而是实话实说，深入浅出，情真意切，字字都是生命的感悟，句句都是真情的诗行。不遮不掩，坦坦荡荡，说的都是心里话；不雕不琢，直截了当，写的都是肺腑言。他的心地纯朴、善良、坦诚，充满志气、意气和力量。他的诗歌，是他的人生浓缩，是他的品质光华，是他未酬的壮志，是他对大自然的写照，是他对亲情、爱情、友情的眷念，是他对真善美的向往，是他艺术品行和人格魅力的证明。

我不敢说，喻老的"打油诗"有多么完美，有多高的文学价值，甚至觉得有的诗文略嫌粗略，但我认为，他的诗充满活力和个性，围绕的是他的人生，关注的是人民，看重的是艺术，恪守的是艺术家的天职和赤子的忠诚。品读这种诗由心生、真坦直露的"打油诗"，俗中见雅，别有洞天，淡中有味，滋润心田，是其他诗风文体不可同日而语的。因此，我只有敬重，只有感动。

2023 年 6 月于北京王府花园

（作者系著名出版人、美术评论家、画家）

静夜思情

文／孙　嘉

喻继高先生是我国著名的花鸟画大家，他为中南海、国务院、天安门楼厅、钓鱼台国宾馆、全国政协等许多重要场所绘制过多幅巨制。喻老在绘画领域有很多成就，他是当代著名的工笔花鸟画大家。在绘画风格上，他远取五代、两宋格高意远的花鸟画法，近师傅抱石和陈之佛两位大师，同时更是以造化为师，成个人丘壑，在笔精墨妙的基础上追求花鸟画的精神内涵，开拓出一条既继承古人又面貌出新的工笔花鸟之路。更为难能可贵的是，他一直不忘初心，其创作立足于广大人民群众，因此作品总是给人清新和亲切之感。

我们对喻老的画作已经比较熟悉了，但他的诗文还是头一次见。因从前有着对他画作的理解，这次看到他的诗作，就有了一种别样的感受。

和喻老打交道，总是被他的真性情感动。要做到“真”并不容易，许多人终其一生都在学着如何扮演别人，而喻老则始终是他自己。他的诗文和画作也像他的为人一样，不玩弄形式，也不追逐流行，全凭一颗真心的表达。诗当中必然蕴含“思”，在喻老的诗作中，那些寻常物象——身边的人、事、风景，也都因熔铸了喻老独特的思考而意味非凡，于稚拙朴素中见哲思深意。他的文风时而是酣畅淋漓的直抒胸臆，时而显露出细腻的情思隽永，时而又像孩童一样天真逗趣，充满了奇思妙想，甚至让人忍俊不禁。尝试着通过这些诗文走进喻老的内心，你会发现他有着丰富的人生阅历，同时还保持着对社会和现实生活极高的关注度和敏感度，书斋中的沉潜静观与面向现实的激荡交织在一起。正是先天的艺术禀赋、后天积累的宽博学养、对万事万物的细腻感受、充沛真挚的情感，还有那份忠实记录生活的勤恳，凝结成为我们手中的这本诗集，可以说是“外师造化，中得心源”的产物。

诗文书画在我国有着悠久历史，“诗中有画，画中有诗”是中国古人所追求的艺术境界，需要艺术家有多方面的才华。在喻老这里，各种艺术学科和门类不是泾渭分明的，而是融会贯通的，他用自己的生活经验和感受、巧思、内心体悟，将多种事物打通，正如喻老的花鸟画裁剪出自然界美好的景致，他的诗文也裁剪出生活中那些值得品味的片段，浇灌以缠绵不尽的情思，非常符合传统文人诗书画多方面兼善的理想。

最让人惊奇和感动的是，这本诗集的文风是那样清新自然，不装巧趣，皆得天真，没有华丽辞藻的堆砌，没有矫揉造作和无病呻吟。如果非要为喻老的诗作总结出“技巧”，那么我觉得是不涉理路，不落言筌，羚羊挂角，无迹可求，不着痕迹地营造诗意胜境。和文字打交道的人常有这样的体验，年轻时写下的文字往往佶屈聱牙，充满了雕琢甚或炫耀，而年纪越长反而越趋于平淡，用明白晓畅取代故弄玄虚，用不拘绳墨代替法度谨严，这可能也就是古人说的“奇语易，常语难”。喻老的写作虽不强调技巧，但字字句句又仿佛细细打磨过，没有一丝突兀，只让人觉得亲切舒适。这些文字内容看似平淡，但语浅而情深，就像静谧的水面突然被一阵春风撩拨，泛起阵阵涟漪，也荡涤了我们的心灵。诗句中有着一份骨力强劲、洒脱雄浑、率真自然，这些特点，我们仿佛也能从喻老的外貌和状态中感觉到，他总是那样神采奕奕，笑声爽朗，乐观、挺拔和自信，聆听其话语又让人感觉如沐春风。喻老用他的人品气度，在诗文中构筑了韵外之致、味外之旨。

在当代生活中，我们每天接受大量扁平化、快餐化的信息，身处节奏快速的流行文化洪流中，常常忘了去静心感受艺术作品。好在，我们可以在喻老为我们营造的艺术世界中卧游，几句诗文、一幅画作，便能仰观宇宙之大，俯察品类之盛，所以游目骋怀。在诗人和画家的作品中，我们看到的是他们的人生，而同时也想到自己，每一次翻开书卷，诗人的文字跃然纸上，就仿佛他们鲜活的生命又一次绽放。这些鲜活强劲的生命力也时刻在感染着读者。在读喻老的诗时，我脑海中总是不断涌现出许多人的样貌，他们或者是我的挚爱亲人，或是为我指点迷津、高山仰止的师长，或是一直与我并肩奋战的朋友，甚至是已经慢慢淡出我生活的儿时的玩伴，还有多年前曾发生的一件小事，乃至童年时的小书桌、一件最喜欢的玩具。喻老的诗就像一扇大门、一条小径，带我走向了记忆深处，这种生命通感的力量特别强大。社会和工作的需要，或者是那些所谓的“大人们”总是催着我们长大，但是喻老的诗却让人停下来，在这方小小的精神家园中，诗人与读者思接千载，一起去邂逅生活中的精彩，采拾记忆深处的美好。喻老是我们的长辈，他循循善诱，亲切地对待他人；他也像一个孩童，因为生活中的一切对他来说仍然是有趣的、新鲜的、亟待探索的；他更像我们的老朋友，短短的诗句，像极了相隔万里的一句问候，纸短情长。读喻老的诗，你会发现有惊喜、浪漫、温馨、逗趣，更有智慧和深思。就像深冬的夜里，一家人围坐在火炉前，火苗噼啪作响，火光照亮每个人的面庞，那些片语之言娓娓道来，温暖了每一个人的心房。

这些年来，我看到喻老一直在快乐地做事，时光仿佛从未让他衰老，但确实也带给他一些变化，这种变化便是“笔墨当随时代”，因为他始终在倾听着时代的呼声，用艺术来表达当代生活，坚守着中国诗文书画的价值观，在风云变幻的世界格局中，为推动和弘扬中国当代艺术的发展而不懈努力。对喻老来说，诗文画作不只是他的爱好和倾注毕生心血的事业，更是他对中国传统文化的珍重之寄托，我们从中能感受到这当中所传承的深切责任感。中国艺术与文化有深厚的传统积淀，喻老深谙于此，因此，其艺术创作是由学问滋养而成，是由对中国文化的理解和尊重中得来。这本薄薄的诗集载着厚厚的情意，它在提醒着我们这些后辈，一直有人在以梦为马，为中国文化的发展前行。而此刻，因为这些文字和画卷，一代代前行者的心，分外紧密地联结在了一起。

（作者系中国艺术研究院美术学博士，现供职于中国工艺美术馆（非物质文化遗产馆））

目　录

中华文化一奇葩

中国打油诗，

文化一奇葩。

虽非阳春雪，

偏爱下里巴。

感谢党

少小离家岁月长，
朝朝暮暮思爹娘。
时隔数载回老家，
不见老屋茅草房。
高楼别墅遍地起，
住进新房喜洋洋。
永无秋风破茅屋，
杜甫愿望见端详。
苦难岁月永远去，
感谢亲人共产党。

祖国

祖国是咱好母亲，
幸福生活永记心。
吃水不忘挖井人，
感恩母亲不忘本。

盼祖国统一

两岸同胞共华夏，
百年屈辱恨列强。
祖国统一复兴后，
幸福生活万年长。

感党恩

党是好母亲，
毕生受党恩。
永远跟党走，
誓死不变心。

报国志

久别家乡岁月多，
往事如烟悠蹉跎。
风雨砥砺志未酬，
报效祖国志如初。

改革开放赞

改革开放四十年，
祖国处处换新颜。
党的英明领导好，
振兴中华勇向前。
国家号召复兴梦，
撸起袖子加油干。
众志成城有自信，
国强民富谁能撼。

师恩

恩师陈之佛，
德艺称楷模。
教我工笔画，
画坛展宏图。

陈之佛（1896—1962），浙江余姚人。中国现代工艺美术家、美术教育家、画家。历任上海艺术大学、上海美术专科学校及中央大学教授。中华人民共和国成立后，任南京师范学院美术系主任、南京艺术学院副院长。为中国现代工艺美术行业的先驱，主要致力于图案教育。

喻继高与恩师陈之佛合影

喻继高作品·临陈之佛《秋菊白鸡》

喻继高与恩师傅抱石（右）合影

恩师傅抱石

抱石恩师有远见，
国画传统不能断。
鼓励学生学大师，
呕心尽力教四年。
六十春秋记教导，
决心下定苦钻研。
继承发扬好传统，
成就大师有慧眼。

慧眼

恩师抱石有远见，
国画传统不能断。
鼓励学生追大师，
伯乐识马有慧眼。

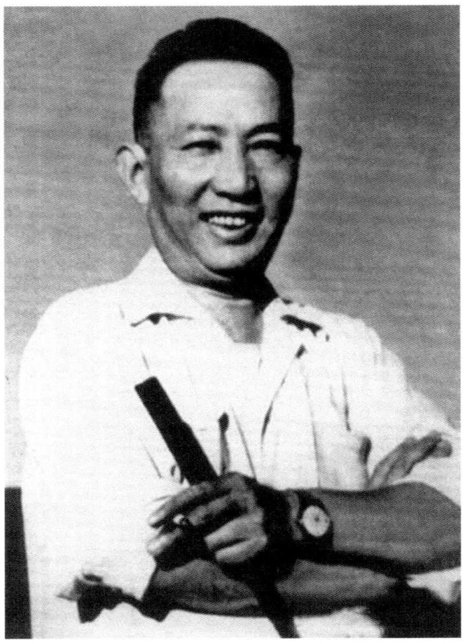

傅抱石（1904—1965），中国画家、美术教育家。江西新喻（今新余）人。1949年后任中国美术家协会副主席、江苏国画院院长等职。

忆恩师

恩师傅抱石，

成林十年树。

百年树人难，

大师无坦途。

在恩师傅抱石百年诞辰作品展览开幕式上，喻继高作热情洋溢的讲话

创作中的傅抱石

傅抱石作品·听泉图（夏阳题跋）

闯祸

甲午八月天气晴，同班同学名朱同。
我俩教室画油画，专心致志画正浓。
一只老鼠钻进屋，到处乱窜到处蹦。
放下画笔捉老鼠，关紧窗子堵门缝。
老鼠吓得满地跑，乱打一气老鼠惊。
眨眼老鼠不见了，钻进白粉袋子中。
灰鼠变成白老鼠，逗得我俩笑不停。
经过一番苦战斗，捉到老鼠放画筒。
心情不知多得意，同学面前想表功。
高兴一百八十度，转眼情绪降到零。
宣夫老师名画作，当作捉鼠武器攻。
打开画卷稀巴烂，闯下大祸无心情。
无奈负荆去请罪，心里害怕胆战惊。
老师看后心疼甚，没有生气没批评。
反而善言安慰我，不要内疚记心中。
感恩老师气量大，师生之情记终生。

右图：喻继高与恩师南京师范大学美术系教授秦宣夫（右）、杨建侯先生（左）合影

杨建侯，江苏无锡人。1935 年毕业于中央大学艺术系。系艺术大师徐悲鸿先生高足，曾任广西省立艺术专科学校、金陵大学副教授。中华人民共和国成立后，历任南京大学副教授，南京师范大学副教授、教授，中国美协江苏分会常务理事、江苏省文联委员。中国民主同盟盟员。擅长中国画、素描和油画。1950 年创作的国画《群雁来归》被誉为工笔重彩花鸟画之瑰宝。

杨建侯老师

建侯师从徐悲鸿，
教学育人在金陵。
擅长丹青中国画，
《群雁来归》负盛名。
德高望重人尊敬，
特别关心爱学生。
老师携我创作画，
合璧孔雀开彩屏。
生活俭朴不奢求，
追求学海无止境。
年高寿长九十八，
两袖清风过一生。

杨建侯作品·群雁来归

武老中奇

革命前辈武中奇，
德高寿长九十七。
从小学徒爱写字，
勤学苦练经石峪。
武老书法人人爱，
有求必应倍珍惜。
慈祥老人皆崇敬，
永怀不忘记心里。

武中奇（1907—2006），山东长清（今济南市长清区）人。曾任江苏省人民代表大会常务委员会委员，江苏省国画院副院长，中国书法家协会理事、顾问，中国书协江苏分会主席。

志未酬

往事如烟思悠悠，
西园识君六十秋。
君著文章我作画，
风雨砥砺志未酬。

庞瑞垠，1939年生于江苏省南京市江宁，国家一级作家。江苏省有突出贡献中青年专家，享受国务院政府特殊津贴。作品逾千万字，代表作有《早年周恩来》《秦淮世家》等。曾任《雨花》杂志副主编（主持笔政），江苏省报告文学学会会长。

龚文桢，1945年生于北京。师承著名画家田世光、李苦禅等，1981年毕业于中央美术学院研究生班，后任教于中央工艺美术学院（现为清华大学美术学院），现为中国国家画院画家，享受国务院政府特殊津贴专家。作品多次参加全国美术展览，并被中国美术馆、中国美协收藏。作品亦在美国、日本、加拿大、新加坡等国展出，并出版多本画集及技法书。

赠文桢

我有好友龚文桢，中国画坛早出名。

品善不计名和利，志研花鸟笔墨工。

芍药牡丹双争艳，玉兰黄鹂迎春风。

翠竹八哥展秋意，荷花鸳鸯戏水中。

梅花欢喜漫天雪，不畏风雪傲寒冬。

绘制佳作不计数，人民喜爱赞誉多。

振兴中华贡献大，德艺双馨众人说。

老骥伏枥志千里，再创佳作从头越。

吾愿桢弟寿康健，书画相伴无限乐。

龚文桢作品・辛夷麻雀

赠徐培晨

高祖故里徐培晨，
绘画猿猴誉艺林。
德艺双馨启后学，
弘扬传统铸画魂。

徐培晨，1951 年生，江苏沛县人。现为南京师范大学美术学院教授、博士生导师，第十届江苏省政协委员，中国美术家协会会员，中国人民对外友好协会中友国际艺术交流院院长，中央文史研究馆书画院研究员，江苏省花鸟画研究会会长。

徐培晨作品·马上封侯

喻继高三爷爷喻光凤

在喻继高的记忆里，留给他印象最深、与之感情最厚、对他影响最大的人是被他称为“三爷爷”的三祖父。三爷爷名叫喻光凤，是他祖父的三弟，视继高长侄孙如长孙，对其疼爱尤加。三爷爷没有正式进过学堂，但在乡亲眼里却是个有学问的传奇式人物，不仅上知天文下知地理，通晓古今，还能为人排忧解惑、指点迷津，尤善说书讲故事。农闲时节或冬日夜晚，他的小屋里常常聚集左邻右舍的乡亲们，听他闲聊神侃。喻继高出生之后，就是这位三爷爷跪在堂屋的供桌前，对着神像重重地叩了三个响头，按照喻氏“忠恕堂”的“弘施存先正，大光明继广”的家谱，给这个喻家长孙取名“继高”，有继承祖训、志向高远之祈愿。

三爷爷

我有三爷爷，
待我特别亲。
教我诗书画，
教我学做人。

思亲姑

亲姑喻淑贞，
漂亮又聪明。
英年惜早逝，
思念伴终生。

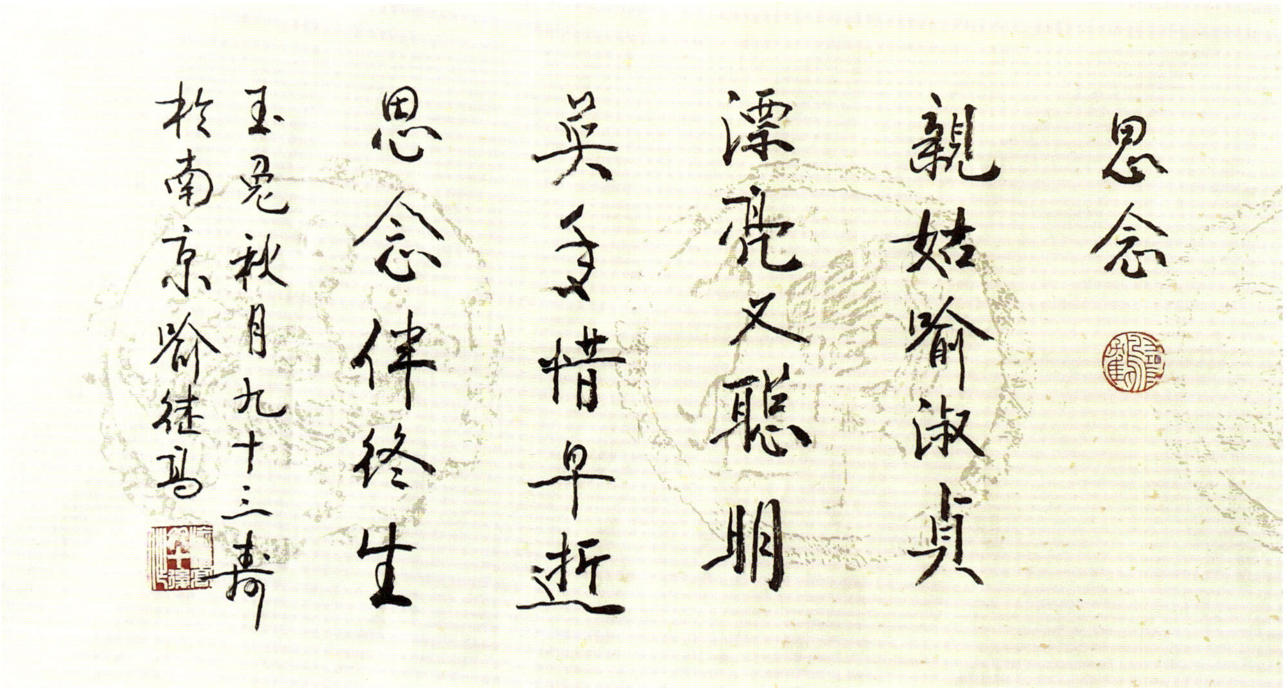

母亲

我有好母亲，家住姜楼村。
因穷未读书，品德好农民。
十九嫁喻家，不嫌我家贫。
儿女生七个，个个育成人。
父亲常在外，诸事揽一身。
徐州沦陷后，恨透日本人。
抗美援朝时，送我去参军。
因病未验上，母亲一片心。
送我上大学，学好报党恩。
事忙少回家，常念是何因。
每次转回家，母亲笑出门。
杀鸡包饺子，热情邀四邻。
母亲看我画，不知多开心。
世间谁最好，唯有母亲亲。
鸿恩很少报，痛心到如今。
每每回念此，思念伴三春。

喻继高与母亲

忆母恩

东方欲晓天未明，实在困得睡不醒。
掀开被窝打屁股，惊起仍柔眼蒙眬。
快快起床上学去，背起书包跑不停。
学校离家七八里，放学回家近二更。
母亲纺纱针线活，读书伴我小油灯。
亲娘盼我有出息，千辛万苦常叮咛。
我也为娘争口气，一生早起不放松。
绘好佳作为人民，娘看我画倍高兴。
到处夸我儿子好，我报母恩实在少。
写此小诗念母亲，想母在天亦含笑。

20世纪60年代末喻继高及妻儿与母亲合影

喻继高的母亲薛鸿菊

想母亲

汤山东湖正逢秋，

书画之余使人愁。

想念母亲梦难见，

石头城上月如钩。

爱妻美如

我本农村穷学生，读书学习颇用功。
高中毕业考南大，美术系科第一名。
金大南大并南师，勤学苦读无夏冬。
南师同学多佳丽，美如品貌数第一。
革命理想有共求，喜结良缘在一起。
恩爱有加同甘苦，后生男孩先生女。
男孩女孩都聪明，幸福一家乐融融。
美如待我特别亲，我待美如如上宾。
七十春秋一瞬间，美满生活乐无边。
人生生命若无限，愿共美如数百年。

左图：喻继高、屠美如在南师大相爱，1958 年结婚组成一个美满家庭

结缘

同届同学屠美如，
相爱结缘南师大。
结婚已逾六十载，
年龄越老越爱她。

喻继高与屠美如在海南三亚山盟海誓石前留影

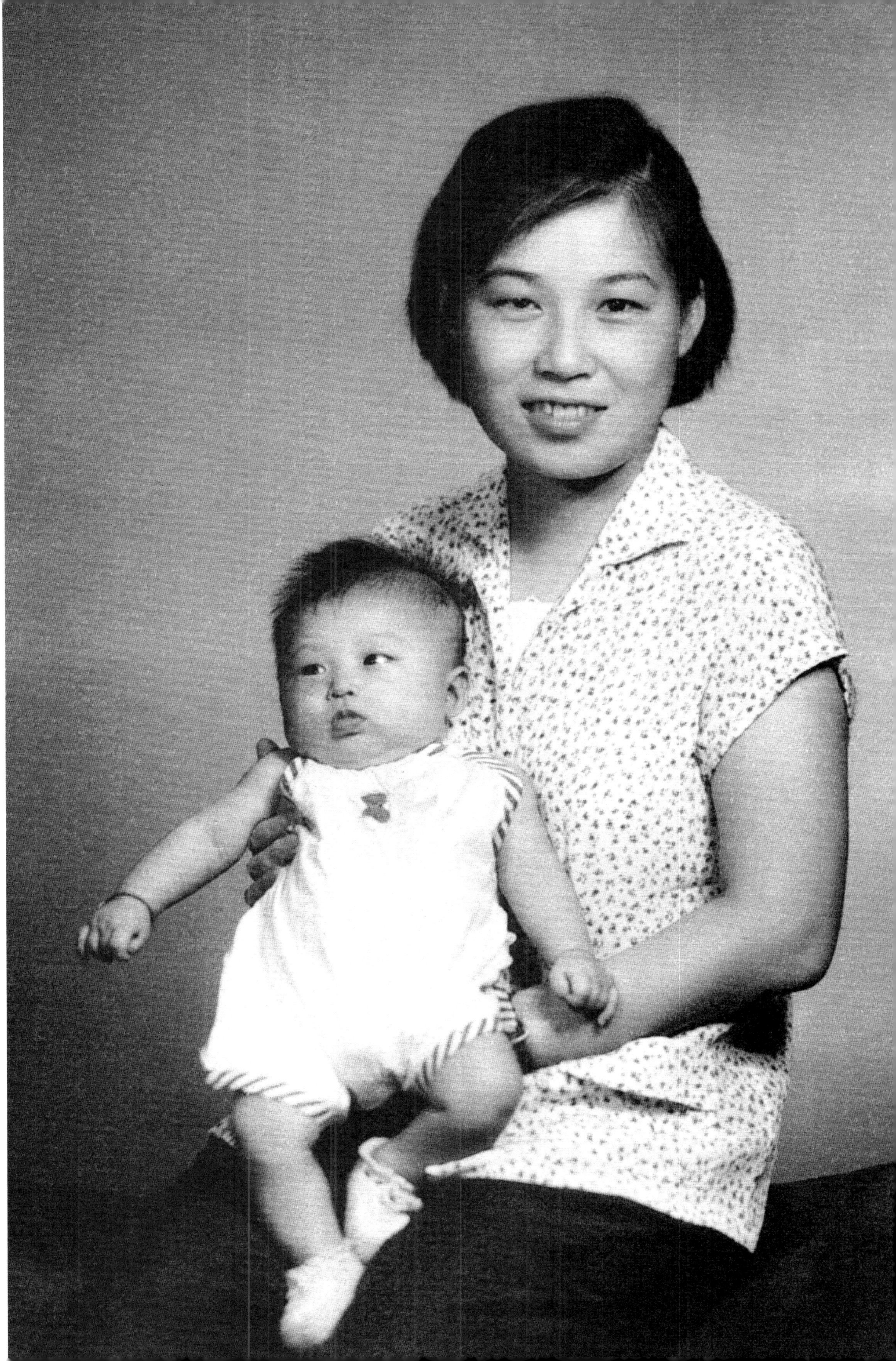

屠美如和女儿喻慧

喻继高和女儿喻慧

致喻慧

我有好女儿，
芳名叫喻慧。
从小爱画画，
聪明又伶俐。
十六去参军，
报国一片心。
十九入画院，
花鸟研工笔。
誓不走老路，
努力画新意。
天才加勤奋，
创出新天地。

喻慧，1960 年生于南京。1984 年于江苏省国画院毕业留院。现为江苏省国画院副院长，中国工笔画学会副会长，中国国家画院研究员，南京大学艺术研究院特聘教授、硕士研究生导师，中国美术家协会会员，江苏省美术家协会理事。

喻慧作品·掠影

赞喻勤

喻勤好男儿，聪明又伶俐。

专业爱摄影，取得好成绩。

执教南师大，桃李满天下。

西藏大昭寺，壁画数千米。

藏经百多卷，复制实不易。

喻勤主意多，八次赴西域。

数载制作完，不计名和利。

善良有佛缘，一生最得意。

喻勤，1962 年生于南京。现为南京师范大学美术学院摄影系副教授。自 1984 年起自助旅行足迹遍布世界各地。2000 年创建南京边塞远景户外用品店，先后 8 次赴西藏，义务为西藏拉萨大昭寺壁画进行全面数字化复制。

题赠李大成

解放军中李大成，
家境贫寒世代穷。
父母送他参军后，
勤学苦干屡立功。
业余爱好工笔画，
立志丹青拜喻翁。
军艺进修求深造，
数赴版纳去写生。
佳作得奖受鼓励，
中国画坛出了名。
大器晚成不畏难，
谦虚谨慎是真情。
继承传统发扬好，
艺海生涯创新风。

李大成，1966 年 10 月生于福建连城，现居上海。南京大学硕士研究生，师从著名画家喻继高。

李大成作品·情系天地间

苏君，江苏徐州人，多年来师从喻继高研习工笔画，尤擅画虎，2012 年在中国美术学院进修。现为江苏省美术家协会会员。

题赠苏君画虎

长白山下夜朦胧，
群山雪夜结伴行。
不畏严寒紧相依，
虎威虽猛有温情。

苏君作品·黑夜双虎

小侄女喻端

小毛端，人喜欢，眯小眼，嘴巴甜。

品行好，小脸圆，助人乐，勇向前。

爱书画，总不厌，又聪明，又能干。

不怕苦，不畏难，有远志，有高见。

成大器，敢登攀，若不信，走着看。

光阴快，已成年，学画画，苦钻研。

喻端，1981年生于江苏铜山。自幼深受伯父喻继高影响，酷爱绘画。幼师毕业后，随伯父在家中研习传统工笔花鸟画。2012年在文化部（现为文化和旅游部）现代工笔画院进修学习，并以优异成绩毕业。现为江苏省美术家协会会员、江苏省花鸟画研究会研究员、江苏省徐州市工笔画协会理事、江苏省徐州市铜山区美术家协会副主席。

空气颂

人有好朋友，
密切亲无间。
分秒不分离，
否则会完蛋。
摸不着，看不见。
又不苦，也不甜。
也不辣，也不酸。
打它不还手，
骂它不还言。
朋友叫空气，
无私全贡献。
人人太需要，
万万别污染。
新鲜空气好，
康寿过百年。

赠琼瑶

琼瑶名作家，宝岛一枝花。
小说数十部，电视人人夸。
拜师喻仲林，业余爱绘画。
欲拜我为师，不便隔海峡。
祖国统一后，相聚笑哈哈。

琼瑶，本名陈喆，1938年生于四川省成都市，祖籍湖南衡阳。中国著名作家、编剧、影视制作人，中国电影文学学会会员。1949年琼瑶随父陈致平由大陆到台湾定居。代表作有《窗外》《潮声》《水云间》《一帘幽梦》《心有千千结》《梅花烙》《海鸥飞处》《彩云飞》和《彩霞满天》等。琼瑶创作的小说作品大多已被改编成电影或电视剧，其中较为闻名的包括《庭院深深》、《梅花三弄》系列、《还珠格格》系列等。

蝶恋花

徐州三中黄耀兰，
同班同学，
活泼胜若男。
耀兰对我特别好，
老师同学齐夸赞。
高中毕业何处去，
北京医院，
深情仍难断。
梦里相见亦很难，
有情无缘终生憾。

诉衷情

思念佳人难入眠，

翻身十八遍。

决心下定表心意，

冷水到脚跟。

心未死，

常思念，

泪空流。

此生无缘，

来世再从头，

诚心再求。

南柯一梦

今夜睡眠特别甜，做梦见到黄耀兰。
耀兰是我老同学，徐州三中在一班。
品学兼优不用说，聪明活泼胜若男。
耀兰对我特别好，人人羡慕同学赞。
陪我读书学画画，陪我画画搞宣传。
数学难懂学不好，帮我补习不嫌烦。
常在一起讲故事，革命理想说不完。
深知耀兰对我好，其他想法也不敢。
学习三年毕业后，各考大学分了散。
我上南大学美术，她上北京医学院。
后来各自成了家，生儿育女过数年。
天有不测风和云，丈夫变心寻新欢。
耀兰一气赴海外，送别设宴大三元。
多情自古伤别离，佳肴丰盛难下咽。
相对无言无从说，泪水如泉湿衣衫。

从此隔洋如隔世，梦中相见如眼前。

见面不知多高兴，别情三天说不完。

甜梦不觉天已亮，满面泪水空喜欢。

感叹无缘别有情，有情无缘终生憾。

喻继高作品·琼花娇凤

梨花

梨花白似雪，
花绽清明节。
从小爱梨花，
丹青绘佳作。

喻继高作品·梨花春雨局部

喻继高作品・梨花春燕

杜鹃花

峨眉杜鹃品种多，
名花绽放清明节。
行程千里登上山，
精绘杜鹃成名作。

1976 年 4 月，喻继高（左四）与江苏省国画院同人应邀为国家领导人乘坐的专列火车作画，赴西南深入生活时在娄山关合影。左起：金志远、尚君砺、陈达、喻继高、华拓、秦剑铭、伍霖生。

画杜鹃

行程三千三，

登上峨眉巅。

不畏苦和累，

只为画杜鹃。

喻继高作品·杜鹃山雀

螃蟹画好难

螃蟹好吃画好难，
佳作绘制任伯年。
此画珍藏在南博，
我临此画苦钻研。

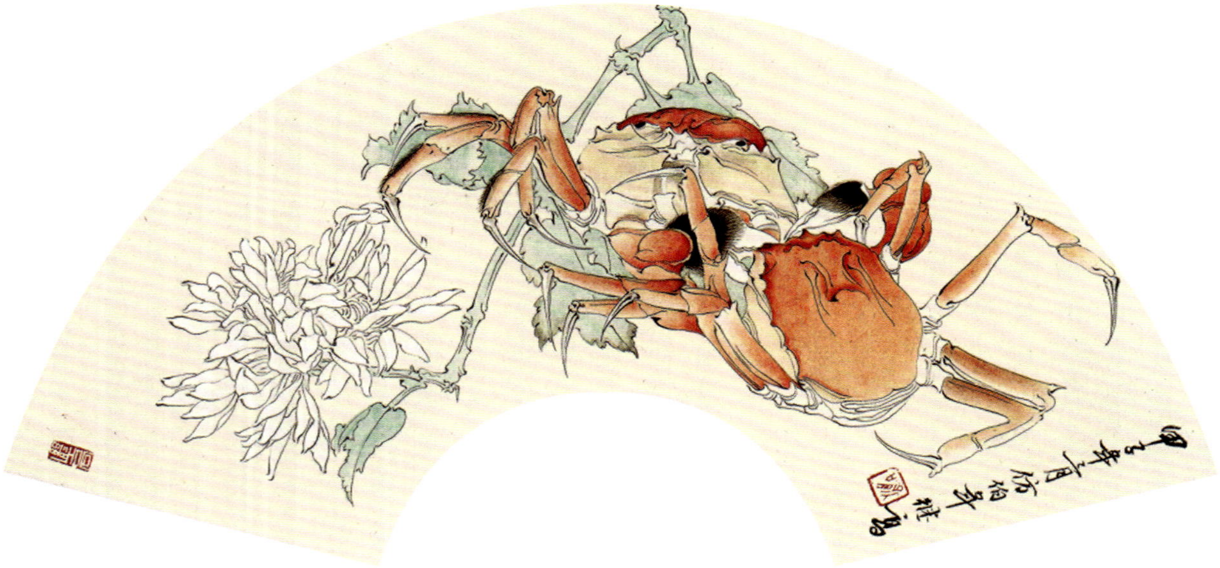

喻继高作品·螃蟹

牡丹

牡丹花中王，
家乡在洛阳。
每年艳阳天，
满城车马喧。
争相赏美容，
日暮不忍还。

喻继高作品·牡丹富贵

白鹭

明月映秋水，

白鹭月下戏。

鱼儿美餐后，

悠闲自得意。

喻继高作品·白鹭颂（局部）

红棉

南国英雄花，

芳名叫红棉。

阳春三月三，

红霞飞满天。

喻继高作品・岭南三月

吉祥鸟

瑞鹤吉祥鸟，
人们誉为仙。
美姿最入画，
长寿逾百年。

喻继高作品·瑞鹤

仙鹤

仙鹤誉国鸟，

展翅上九皋。

鸣声闻于天，

祥瑞福寿高。

喻继高作品·瑞鹤迎春

丹顶鹤

珍禽丹顶鹤，人们誉为仙。

爱称吉祥鸟，长寿逾百年。

喻继高作品·松鹤长春

瑞鹤

瑞鹤誉名仙，鸣声闻于天。

展翅上九霄，福寿万万年。

锦鸡

锦鸡羽斑斓，
古今美名扬。
前程美似锦，
正德颂吉祥。

喻继高作品·锦鸡白牡丹

题画

花开永不谢，

栖鸟叫无声。

若问因何由，

原为画一帧。

喻继高作品·芳春三月

菊花有白又有紅晚節由能愛此生寧可抱香枝上老不隨黃葉舞秋風
王十朋十月望日買菊一株頗佳 戊子年夏月於南京之芳草園喻繼高記

喻继高作品·秋菊傲霜

菊花

十月秋风寒，
菊花开满园。
傲骨拒清霜，
丹青绘美颜。

喻继高作品·秋菊

喜鹊

此鹊人见最欢乐，
芳名因此叫喜鹊。
若向人鸣喜便生，
祖国处处喜事多。

喻继高作品·江南高秋

荷塘鸭

十月秋风凉，
肥鸭满池塘。
我画荷塘鸭，
佳作美名扬。

喻继高作品 · 荷香鸭肥

喻继高作品 · 莲塘佳偶

莲花

莲花生池塘，
凉夏溢清香。
扎根污泥中，
不染新红妆。

喻继高作品·秋荷白鹭

与梅相伴

梅花有白也有红，
不畏风雪绽寒冬。
伴君读书共琴韵，
伴我艺海绘丹青。

喻继高作品·鸣春

英雄花

阳春三月三，
红霞飞满天。
南国有名花，
芳名叫红棉。
又称英雄花，
花开遍岭南。

喻继高作品·木棉双栖

女大灿若花

女孩长大十七八，
灿若初绽玫瑰花。
此花虽美满身刺，
劝君切莫去采她。

红豆

南国红豆名相思，
赠予情人两心知。
与君永结秦晋好，
终生恩爱不分离。

青萝卜赞

青萝卜，好东西，
清热去火又通气。
降糖降脂降血压，
多吃萝卜健身体。
只有一点别见笑，
一个萝芯八个屁。

梅花

窗前数枝梅，

喜迎瑞雪开。

敬畏有傲骨，

更有清香来。

梅花

梅花绽放在寒冬，
不畏风雪迎春风。
本性耐寒有傲骨，
敬畏梅花老画翁。

徐州三中樱花

樱花红校园，
六五庆华诞。
桃李竞芳菲，
红霞飞满天。

喻继高作品·樱花双雀（局部）

洪一教授

深圳大学刘洪一，德高望重好书记。
热爱祖国热爱党，中华民族好儿女。
胸中才学冠八斗，两界书作世称奇。
关爱人才受尊敬，独具慧眼识大师。
结缘画家喻继高，工笔花鸟显才艺。
伯乐识马评价高，正气大气更喜气。
弘扬传统新发展，绘制佳作有新意。
我识教授如故友，谈艺论画有灵犀。
共襄盛举工笔画，人民喜爱不用提。
人类生来爱自然，走向世界定可期。

刘洪一，1960年生于江苏徐州，深圳大学原党委书记，深圳大学饶宗颐文化研究院院长、博士研究生导师，深圳大学人文社会科学资深教授，享受国务院政府特殊津贴专家，中央马工程与国家社科基金重大课题首席专家。

壶艺大师

壶艺大师吕俊杰，
德艺双馨众人说。
卢浮宫中显才艺，
世界艺坛露头角。

吕俊杰，1966 年出生，毕业于新加坡南洋艺术学院。师从其父吕尧臣大师。江苏省人文环境艺术研究院雕塑陶瓷研究所副所长、江苏省宜兴紫砂陶研究会理事、吕尧臣醉陶居工作室艺术总监。作品被美国、德国、新加坡及中国香港、台湾等地的博物馆、艺术馆及收藏家珍藏。2018 年，国际奥委会主席托马斯·巴赫在瑞士洛桑国际奥委会总部授予吕俊杰顾拜旦奖章，他成为紫砂艺术界第一位荣获顾拜旦奖章的艺术家。

提笔落纸

年高体也弱，
书画告段落。
有话无处讲，
提笔纸上说。

不想烦心事

两眼老花耳半聋，
朋友讲话听不清。
烦心事儿不去想，
一觉睡到大天明。

恨蚊子

五一上南大，
宿舍蚊子多。
彻夜难入眠，
蚊子吸我血。
无钱买蚊帐，
痛痒无奈何。
白天学画画，
感到无比乐。

养性

年逾九十车马稀，
淡泊明志静心居。
书画伴我无比乐，
修身养性大有益。

立志

一生不沾烟和酒，
笔墨纸砚是我友。
除却绘画无他好，
名利于我无所求。
立志弘扬工笔画，
不到高峰誓不休。

丹青吟

年逾九十若青年，
烟酒虽好永不沾。
耳聪目明手不抖，
绘制丹青似从前。

喻继高在绘扇面

加油干

人生太短暂，
撸袖加油干。
年华莫虚度，
终生无遗憾。

喻继高在写生

少开口

话多口舌干，
啰唆惹人烦。
无事少开口，
避免生事端。

别胡吹

作诗贵有情，
写书要有功。
画画要有才，
胡吹一场空。

高峰

大鱼潜深水，
小鱼乱蹿花。
画坛有高峰，
不识千里马。

深入群众

著文作画人要懂，
深入生活不放松。
否则劳动白费力，
脱离群众一场空。

寻快乐

人生感慨多，
阴晴如日月。
命运由天定，
开心寻快乐。

自由诗

打油诗作最自由，
如同假日逍遥游。
只要写出真情在，
管他打油不打油。

九十感怀

人过九十后，

诸事要看透。

不想烦心事，

康乐逾百寿。

知音难求

人间知己最难求，

如今名利放前头。

至今思念俞伯牙，

摔琴故事美名留。

小猫

莫愁明月映窗前，
往事如歌思万千。
亲朋好友多健在，
小猫伴我度华年。

喻继高在画室

熊猫赞

我国大熊猫，

赞誉为国宝。

实在太可爱，

百看不疲劳。

出使数国家，

为国建友好。

冬雪

我爱冬天雪，
茫茫天上落。
雪是麦的被，
丰收不用说。
儿童见到雪，
感到无比乐。
嬉戏打雪仗，
箩筐捉麻雀。

自述

我本农村一顽童，志在丹青拜雪翁。
苦研绘画六十载，鸟语花香笔墨工。
玉兰黄鹂春色好，黄河故道绘桃红。
樱花海棠初放时，梨花春雨在清明。
芍药牡丹双争艳，荷香鸭肥戏水中。
瑞鹤展翅鸣九皋，菊花傲霜迎秋风。
腊月天寒百花绝，梅花盛放在寒冬。
自然造化画不尽，群众喜欢好传统。
画好作品为人民，八十八寿老画翁。

苦用功

八月中秋枫叶红，

朝暮伏案一画翁。

画树成林半辈难，

数十春秋苦用功。

创作中的喻继高

无坦途

恩师抱石傅，

成林十年树。

百年树人难，

大师无坦途。

光阴如金

梅花愈老愈精神，

我今九十仍童心。

百年春秋一弹指，

一寸光阴一寸金。

创作中的喻继高

人生

一生无他好，
唯独爱丹青。
不沾酒，不抽烟，
不良嗜好不沾边。
烦心事儿不多想，
因而夜夜好睡眠。
生活小事不计较，
胸怀大志要乐观。
想得开来看得远，
健康长寿逾百年。

写诗有感

爱诗不擅诗，
写诗不入流。
不辨平仄韵，
只好学打油。

说诗圣

李白杜甫白居易，
诗词传颂数世纪。
如今不见有诗圣，
文学诗词少根基。

赞打油诗

从小喜爱打油诗，
通俗易懂更好识。
诗文本作为人学，
咬文嚼字太费力。
古人诗作千千万，
难有几首为人记。
李白写诗也打油，
恳乡佳作传万世。

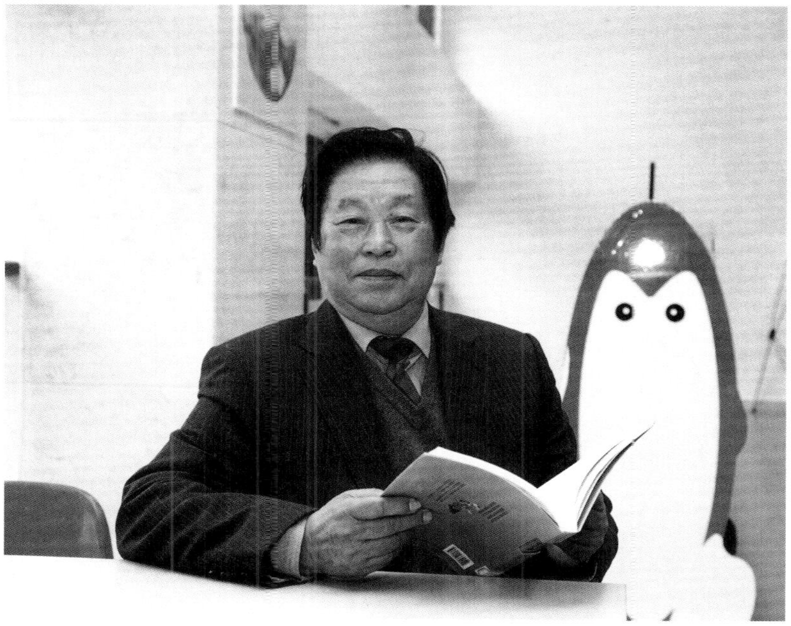

学习不辍

诚信

做人要正经，

说话不要空。

待人讲诚谦，

事业准成功。

偶感

做事心要定，

致远要宁静。

淡泊以明志，

谦诚会成功。

拼搏

画画最快乐，
时间易消磨。
画到兴高处，
转眼日又落。
时间要抓紧，
拼搏唯日月。

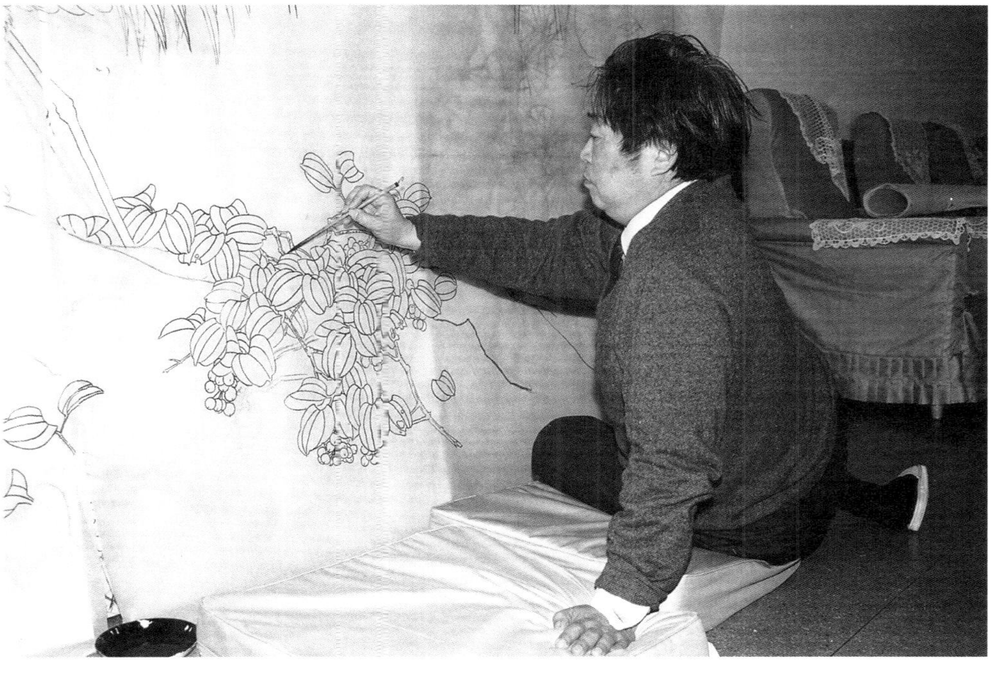

喻继高草绘《苍松瑞鹤沐朝晖》

奇葩

中国工笔花鸟画，
世界艺坛一奇葩。
精心绘制自然美，
文化交流是最佳。
世界人民无比爱，
发扬光大誉华夏。

喻继高作品·春满神州

连会长

中华儿女连庆涛，
热爱祖国热情高。
祈望两岸早统一，
不辞辛苦架金桥。

徐州颂

徐州处处气象新，
放鹤亭前颂古今。
党的英明领导好，
和谐社会一家亲。

回乡有感

离家别经年，思乡情难断。
寻我旧时屋，高楼遮两眼。
询问童年友，辞世已多半。
感叹光阴快，撸袖加油干。

乡亲们要求喻继高表演“兄妹开荒”小剧

难

十年种树成林易，

画树成林半辈难。

痴迷书画成大家，

七十寒窗苦钻研。

创作中的喻继高

徐州名城

徐州自古是名城，
古代国名叫大彭。
出了高祖汉刘邦，
山明水秀地也灵。

放鹤亭

徐州自古是名城，
有座名山叫云龙。
放鹤亭前鹤飞去，
东坡先生留美名。

古彭城

徐州古彭，历史名城。
山明水秀，人杰地灵。
高祖刘邦，基业奠定。
琴棋书画，楚汉雄风。
开渠可染，举世闻名。
后继有人，遍地精英。

改文风

写诗要有情，
无文难远行。
仅靠吹大话，
实难使人懂。
无异对牛弹，
劳动白费功。
劝君多读书，
务必改文风。

创作之余看看画册

御马亭

彭城处处气象新，
御马亭前颂古今。
琴棋书画楚汉风，
和谐社会一家亲。

御马亭

岭南画派

羊城处处气象新，
岳秀山上颂古今。
岭南画派誉华夏，
诗书画界一家亲。

淘汰

如今书画界，感到有点怪。
书写不用笔，画画比谁快。
不肯下苦功，早晚被淘汰。

祈盼

地球日夜不停转，
转眼又到秋风寒。
事业未竟人已老，
祈盼苍天赐千年。

任逍遥

人生自古悲寂寥，
如今处处胜前朝。
春风杨柳花开日，
青山绿水任逍遥。

同源

诗书画同源，隔行如隔山。
一生绘丹青，与诗不沾边。
年高倍思亲，以诗忆亲人。
不辨平仄韵，打油表初心。
朋友莫见笑，涂鸦墨色新。
诚望专家正，对汝鞠躬深。
九十不觉老，舒乐绘新春。

创作中的喻继高

怀念伯乐

画坛有高峰，
峰高看不清。
只缘无慧眼，
怀念伯乐翁。

知己

人生知己最难求，
伯牙子期美名留。
我愿诸君多善事，
会有众多好朋友。

徐州三中

徐州三中，
璀璨明星。
春风桃李，
遍地精英。

喻继高在母校徐州三中校门留影

向上

唐诗佳句多，
意义不用说。
认真读好诗，
品高无比乐。

智慧

中国文化经典多，
劝君认真好好学。
事业有成靠智慧，
智商不高难超越。

学习黄牛精神

喜送庚子迎辛丑，
丑年就是老黄牛。
老牛精神人人学，
无私奉献无所求。
可染大师师牛堂，
鲁迅为牛甘俯首。
紧跟领导加油干，
祖国世界第一流。

老黄牛

每餐有佳肴，
常忆我家牛。
终年吃干草，
没有盐和油。
干尽苦力活，
至死无所求。

刘奎龄作品·清溪春饮

喜迎龙年

瑞雪飞舞正寒冬，
不忍玉兔回月宫。
国泰民安整一年，
翘首欢腾迎金龙。

让座

庚寅初夏正暑天，母亲回乡离四川。
很不容易挤上车，人多无座只好站。
无奈挤站车厢头，厢壁有画回头看。
说来事情也真巧，荷香鸭肥现眼前。
自言自语我儿画，军人惊奇老人言。
便问你儿姓和名，继高大名早流传。
得知大娘画家母，赶快让座自己站。
又送茶来又送水，一路家常说不完。
母亲常夸解放军，念念不忘暖心间。

喻继高作品·荷香鸭肥（局部）

月光

月光最迷人，
月下会情人。
愿结秦晋好，
私语到拂晓。

主动

恋爱要主动，
不要空做梦。
良机莫错过，
遗憾伴终生。

农家乐

农家秋后难得闲，
丰收仓满笑开颜。
凉风微吹精神爽，
月到中秋分外圆。
儿童月下捉迷藏，
亲朋饮酒兴猜拳。
小狗桌下觅剩食，
猫儿高兴跳着玩。
奶奶抱孙唱儿歌，
爷爷赏月抽旱烟。
邻居电视哇哇叫，
新映节目太好看。
摩托车声嘟嘟响，
儿子下班把家还。
一派幸福农家乐，
党的恩情说不完。

中国女排赞

中国女排数连冠，
郎姐率队勇参战。
不畏强手敢拼搏，
胜利属我谁能撼。
胜败兵家寻常事，
女排精神人人赞。
很久不见女排面，
九十画翁常思念。

郎平赞

中国女排球，
世界第一流。
郎姐教练好，
更上一层楼。

誓登高峰

祖国崛起寰球惊，
初心不忘复兴梦。
中华儿女多奇志，
誓超世界登高峰。

夜半琴声

夜深万籁静，
时闻弹琴声。
老伴不觉老，
学琴乐其中。

读诗有感

有诗不易懂，

学浅不知云。

生凑平仄韵，

自觉有学问。

打油诗

我爱打油诗，
好读易流传。
李白《静夜思》，
诵读两千年。

李白小像

打油诗

古人写诗也打油，
众家佳作美名留。
李白名诗《静夜思》，
王维《相思》抛红豆。
《春晓》作者孟浩然，
商隐驱车登古原。
李绅锄禾日当午，
祖咏望雪终南山。
打油诗作容易读，
至今传诵千余年。

忆秦娥·夏夜

清风凉，
明月当空悬天上，
悬天上。
星儿闪烁，
夜短天长。
流萤飞舞，
蛙儿鸣唱在池塘，
孙子嬉戏，
奶奶儿歌唱。

月亮

月亮在哪里？

月亮在天上？

它照进了我的房，

它照上了我的床，

照在了甜蜜的家乡。

望月难入眠，

寂寞思红装。

几时能回到我那怀抱，

也好来诉一诉我的衷肠。

回家种田

祖国好儿男，
卫国勇向前。
抗战胜利后，
回家仍种田。

反贪腐

人生莫害贪腐病，
再好医生也无用。
中央派来巡视组，
蹲进监狱梦才醒。

江城子·同窗

离别半百两茫茫，
常思念，自难忘。
不知何方，
三年坐同窗。
常盼相逢叙旧情，
人已老，鬓如霜。

夜来幽梦同还乡，
杨柳岸，明月亮。
相对无言，
热泪湿新装。
祈盼来世再相逢，
秦晋结，志成双。

奖

画家创作日夜忙，
常常接到各种奖。
信函多得无暇看，
名头大得不敢想。
是真是假难分辨，
信函盖满红图章。
赠品琳琅更诱人，
劝君明智莫上当。
画家出名靠作品，
空有虚名不会长。
创好佳作为人民，
名利应作梦一场。

童年

人生童年趣事多，
割草放羊捉麻雀。
天天一群小伙伴，
无忧无虑真快乐。

童年的喻继高

喻继高就出生在这间简陋的房子里

好老师

人民是我好老师，
学习人民好品质。
人民群众智慧高，
我比人民一粒粟。
孔母育儿讲诚谦，
为人处世心要善。
若能抛却名和利，
前程似锦天地宽。

继承

中国美术馆，
佳作办展览。
观众特别多，
儿童特喜欢。
继承有来人，
大师有慧眼。

辅导儿童作画

边景昭作品・双鹤图

工笔花鸟画

中国工笔花鸟画，
世界艺坛一奇葩。
人人热爱自然美，
古今名作誉天下。

喻继高在画展上与外国嘉宾交谈

联合国画展

春暖花开天气晴，我到美国去旅行。
携带工笔花鸟画，联合国展在大厅。
主持开幕王学贤，众多大使是观众。
文委官员塔拉迪，赠我奖状圆我梦。
文化交流贡献大，走向世界定成功。

1997年5月，中国常驻联合国副代表王学贤出席喻继高在美国纽约联合国总部举办的画展开幕式并与喻继高共举奖牌留念

春满神州画展
在中国美术馆举办

中国美术馆，年年办展览。

辛丑大雪天，花鸟展百件。

观众不畏冷，踊跃来参观。

夸我画得好，大家齐称赞。

弘扬工笔画，光耀书画坛。

2021 年 11 月 6 日，喻继高在中国美术馆“春满神州——喻继高绘画展”上与嘉宾留影

春满神州画展
在维多利亚博物馆举办

八月秋高天气新，
春满神州到伦敦。
维多利亚博物馆，
欣赏我画全外宾。
我听夸赞真开心，
文化交流要求高。
乐赠收藏不惜金。

右图：2017年9月，英国维多利亚与艾伯特博物馆亚洲部主任为喻继高先生颁发收藏证书

IDDLE KING

幸遇

庚子初雪正寒冬，总统府内人沸腾。
西哈努克来访问，总理陈毅亲陪同。
陈帅来到国画院，伫立西园石舫中。
亲切问候傅院长，又问有无授学生。
我谓学生三十余，望能一人画出名。
嘱我学好中国画，认认真真学传统。
冰冻三尺非日寒，古今名人苦用功。
画好作品为人民，艺术为民方向明。
首长教导永记心，数载光阴不放松。
老骥伏枥志千里，八十九寿一画翁。

1962 年，江苏省国画院学习班结业留念，傅抱石与画院学员合影。二排左起第四人为林散之，第七人为傅抱石，第八人为钱松喦；三排右起第四人为喻继高

耄耋抒怀

年逾九十身尚健，
书匪艺术仍不断。
老骥伏枥志千里，
不到长城非好汉。

2023年5月18日，“盛世繁花·喻继高绘画艺术作品展”在南京大学美术馆开幕，艺术学院学生代表为喻继高献上鲜花祝福

居莫愁湖畔

莫愁湖水碧波清，
桃红柳绿绽春风。
天天游人如盛会，
花言鸟舞笑语声。
回忆当年人迹少，
如今处处灯火明。
九十老翁忆往事，
幸福晚年乐无穷。

喻继高在写生海棠花

高寿

人生七十称古稀，
至今早已不稀奇。
八十方谓是中年，
人们戏称小弟弟。
九十依然不觉老，
老骥伏枥志不移。
如今寿超百年多，
彭祖活到八百极。
谁若超越彭祖寿，
那才真称古来稀。

汗颜

年逾九十寿，
始觉已无知。
琴筝听不懂，
汉字多不识。
只会画花鸟，
汗颜称大师。

创作中的喻继高

后 记

在这本独特的诗集里，我们遇见了喻继高先生——一位画家、诗人、哲人。他的诗，如同他的画一样，展现着他的家国情怀以及对生活的热爱。

喻先生的诗歌，以其诙谐、写实的风格，展现了他独特的艺术视角和深邃的思想内涵。他的诗，既有对琐碎生活的描绘，又有对宏大历史的思考。他的诗风独特，时而如清泉流淌，时而如山石激荡。他的诗，反映了其对生活的独特理解和感悟，对艺术的执着追求和诠释。

这部诗集，大致分为“亲情友情”“谈诗论画”“人生感悟”“愿国泰民安”四类。这四类诗，是喻先生对生活的深情献礼，也是他对艺术的真诚表达。每一首诗，都饱含他对生活的热爱和对艺术的追求。

“亲情友情”类诗，是喻先生对家庭和友情的深情描绘。他的诗歌，如“亲情如水常流长，友情如酒醇香浓”，充满了对亲朋好友的深深感激和思念之情。这些诗，如同一幅幅温馨的画面，让我们感受到家的温暖和友情的可贵。

“谈诗论画”类诗，是喻先生对诗歌和绘画的独特见解和评论。他的诗歌，如“画笔舞动写春秋，诗心荡漾映月明”，展现了他对诗歌和绘画的深刻理解和热爱之情。这些诗，让我们看到了一个艺术家对艺术的独特理解和追求。

“人生感悟”类诗，是喻先生对人生的深刻思考和感悟。他的诗歌，如“人生如梦须珍惜，莫待白头空悲切”，表达了他对人生的独特理解和体悟。这些诗，让我们看到了一个智者对人生的深刻思考和感悟。

“愿国泰民安”类诗，是喻先生对国家繁荣和人民安定的美好祝愿和期待。他的诗，如“国泰民安享太平，百姓和谐乐元边”，充满了对国家和人民的深情厚意。这些诗，让我们看到了一个爱国者对国家和人民的热爱。

这部诗集，不仅是一部艺术的结晶，也是一部生活的记录。它记录了喻先生的人生历程和艺术追求，也记录了中国社会生活的发展和变迁。这部诗集，是一部见证生活、见证人生的宝贵文献。

喻先生的诗歌，有着极高的艺术价值和历史价值。他的诗歌，如同一面镜子，映照出他的内心世界和对生活的独特理解。他的诗歌，又如同一幅画卷，展现了他的艺术追求和对生活的热爱。他的诗歌，堪比杜甫的诗篇，杜甫写社会矛盾、人民疾苦，后人称其诗为“史诗”。而喻先生写盛世繁华、国泰民安，其深刻的思考和感悟，亦有强烈的时代感，历史价值极高。

喻先生德高望重，在其诗集中，我们不仅会为喻先生的艺术才华所折服，获得艺术的享受，也会被他对生活的热爱和对艺术的追求所感动，获得人生启示。他的诗歌，让我们看到了一个真正的艺术家对生活的热爱和对艺术的追求。他的诗歌，也让我们看到了一个智者对人生的深刻思考和感悟。我们在喻先生的诗歌中不仅可以找到生活的力量和勇气，也可以找到人生的方向和目标。

我们应感谢喻继高先生为我们书写如此宝贵的诗作，他的诗歌，将永远激励我们前行。我们也希望这部诗集能够让更多的人了解喻先生的人生旅程和艺术感悟，让我们一起在喻继高先生的诗歌中感受生活的美好和希望。